Soluzioni poetiche

PAOLO PEZZOTTI

A Ennio, Raffaele e Pier e a tutte le persone che mi hanno sempre sostenuto e voluto bene compresa la mia famiglia

MANOSCRITTIEBOOK

manoscrittiebook@libero.it

Crederci sempre e stare sulla via della consapevolezza

Paolo Pezzotti

Qui la recensione della mia cara amica Monica Lucchini sulla mia seconda pubblicazione letteraria per la Robin Edizioni.

Recensendo "Libero di poetare" scrivevo di Paolo Pezzotti: Quando ho conosciuto Paolo Pezzotti, poco più che trentenne, novarese, mi ha colpito la trasparenza del suo sguardo, la sua voglia di raccontarsi senza un leitmotiv, come certa musica contemporanea che non capisci ma che ti muove dentro.

Il suo primo libro di "componimenti", trentuno come in un excursus ideale lungo un mese di vita, "Libero di poetare", denota la sua voglia di libertà (evidentissima anche nei suoi dipinti), di affrancarsi dal piattume del quotidiano ma non dai ricordi.

Scrive nella poesia numero 25 "ma il ricordo tiene accesa la speranza, fa compagnia alla mia anima che è spenta come una sigaretta accesa fumata e spenta". Ma c'è la "gioia di un altro giorno e inizio (poesia ventitré) la giornata fischiettando, la vita ritrovata".

Trentun poesie dal contenuto fluttuante, senza punteggiatura né rima ma dense e sonore com'è il suo bisogno di gridare al mondo il suo diritto al sogno, in un mondo concreto e materialista.

Paolo percorre la sua vita in sella alla sua bicicletta perché il contatto con la terra sia costante, perché l'aria di pianura, gli odori e i colori del mondo, della bassa e delle risaie, lo raggiungano ma non lo sovrastino: "scroscio delle foglie che le ruote della bicicletta scansano… è un'arte la pedalata, premeditata, di tutte le situazioni, di rigore. È il rossore."

E i pennelli e il suo poetare accorato e sognante sono la sua dimensione vitale. Diamo il benvenuto a questa opera prima timida ma proterva di Paolo Pezzotti, da gustare a gocce come un buon Cabernet d'annata."

Cosa potrei aggiungere per accompagnare questa antologia, "Canti di vita 1984 - 2020" che compare in questi giorni per i tipi Robin Edizioni?

Che un po' Paolo mi ricorda Gordon Comstock, l'antieroe poeta che George Orwell ha posto al centro di "Fiorirà l'aspidistra".

Antiborghese ma minacciato dalla logica dei quattrini, dà forma a sentimenti disparati e disperati, a progetti rimasti chiusi in cassetti utopisticamente cigolanti.

La poesia come una reazione a un too much, così la pittura di Paolo Pezzotti: un bisogno individuale di sapere che ci sei, che è vita quella che vivi anche se un po' sgangheratamente, tanto il cielo là sopra è sempre più blu, come i suoi grandi occhi limpidi.

Monica Lucchini

Poesia con la A Maiuscola

Soluzioni Poetiche

Introduzione

Questo testo è stato redatto nel pieno della pandemia del *duemilaventi* e terminato nell'agosto 2021.

Questo nostro tempo così mutato nei modi e nelle nostre abitudini ha fatto sì che questa silloge sia nata per dare un'impronta di quello che può essere il vivere in una pandemia, vista da un piccolo poeta come me che racconta in versi utilizzando il proprio guardare attraverso la poesia.

La mia poesia è a volte nostalgica e a volte pienamente ricca di sentimento propositivo per un cambiamento che parte da dentro, per riuscire a camminare *tutti* insieme senza perdere nessuno durante il tragitto di questa vita difficile per tutti ma che vale la pena di essere vissuta.

Uno

Il mio sogno

Parte da lontano

Un po' come Peter Pan

Cerco l'isola del mio cuore

Avverto il Sole che riscalda il percorso

E le nuvole passeggere

Amiche di un ritorno

Adoro tutti gli Stadi della LUNA

Che si può solo Adorare

Mentre mi sveglio

Sono sul mare e aspetto l'amore.

Due

Rumore?

Suono di tempesta vuoi dire!

Fragore nella mia testa

Connessioni neuronali

Che fan rima con finali

Non certo quelle del pallone

La fine di tutte le mie ragioni

Ecco cosa

Essere in linea col mondo adiacente

Al mio esser mostro irriverente

Ma umano promettente.

Tre

Stelle comete

Come lampi d'Amore

Sorvolano il cielo

Rispettando il cuore di ognuno

Quelle cadenti

Fanno desiderare sentimenti

Delineando la via ai più audaci

Quello che preferisco è il silenzio

Della notte

Coi suoi animali notturni

E la purezza di

MAMMA LUNA

Può non sembrare poesia

Posso essere un bugiardo che si finge

Altro

Rispetto all'uomo romantico

Che stende qui i suoi versi

Ma può esser tutto vero

Come il mistero

Di una notte di primavera

In cui questo poeta

È nato da una cometa.

Quattro

Come può essere

Che sono

Distante da te?

Un fulmine abbagliante

Acceca il percorso

Ma i nostri due cuori

Valorosi e fieri

Si cercano incessantemente da

Millenni

Non c'è limite al tempo

In amore

È un'attesa profonda

Controllata dal cuore.

Cinque

Ho un bisogno disperato

Di un tuo bacio

E una carezza inaspettata

Un fremito

Di dolce eccitazione

In costante evoluzione

Di un sesso dolce con amore e devozione

Per l'istante che ancora le mie mani

Non hanno conosciuto

E le tue umide labbra cercano nei sogni

Di una vita che ci separa da secoli

Dev'essere così

Uno sguardo

Una frase un po' senza senso

E poi l'amore eterno.

IL SOGNO

Incipit:

In un'eterna sera

Buia e crogiolante d'amore

Ofelia e Paride giacciono

L'uno accanto all'altro

Scambiandosi le effusioni più dolci

Di tutti i millenni fin li trascorsi

Orfeo

Dal suo studiolo

Parla con gli Dei attraverso la magica sfera

I quali gli rivelano che hanno a cuore i due Reali

Ma…

Gli rivelano anche di un'imminente guerra e che Paride

In qualità di Generale dovrà partire per la battaglia

All'imbocco di una nuova strada

Le perplessità di Ofelia

Al giungere ad un cambiamento reale

Fatto di dolci soste

E profonde sensazioni

Di intimo pensiero

Avvolgono il suo cuore

Per Paride

Eterno ragazzo dalle mille virtù

Orfeo dalla sua

Grande veggente

Sente che le antiche stelle sorridono

Sulla dolcezza dei due amanti

Orfeo!

Uomo saggio tu sai che la mia spada

Trafigge anche il Sole

Ma senza Ofelia il mio cuore

È sparuto

La mia ombra vaga senza meta

E la mia forza è lo spauracchio

Di un giullare

Ma cosa sono io senza la mia dama?!

Caro Paride

La tua forza e la tua infallibile spada

È il dono che gli Dei t'han fatto

Ricorda che il selciato

Ha prove infinite

Ma il piccolo torrente

Arriva sempre al Grande oceano

Paride in un sogno…

Vedo te Ofelia e ti imploro

Ti imploro e ti confermo che il mio amore

È cosa vera cresciuta piano piano

Come succede al grano

E ti imploro di non lasciarti andare al tuo strider di dolore

Per la nostra lontananza

Poi svegliatosi…

Quale tremendo destino è quello dell'uomo

Cadere in battaglia

O ardere d'amore?

In un attimo

La scena si accende

Tremenda sera di brusca e offuscata

Tempesta di emozioni funeste

Il brillio negli occhi di dama Ofelia

Rabbuia anche la bufera ed è notte

E la lanterna è fredda come il suo cuore

Perché la mancanza!

Quella tremenda sensazione raggelante ha lo stesso calore della candela ormai spenta

Paride…

Cagionevole lotta contro

Chi non crede all'amore

All'empatia

Allo stare con sé stessi datti tregua figliuolo

L'amore è devozione e saper condividere

Orfeo non sono in grado di seguirti

Il mio desiderio per Ofelia è grande

Immenso

Orfeo:

Le cose che hanno valore

Si attendono col calore del cuore

I *Capitulum*

Questa storia non si sa né il perché né il per come, ma non ha data di origine e siccome è una storia che cerco di tramandare per via scritta, la quale ho potuto solo aver la fortuna di averla sentita raccontare ed è qui che la leggerete.

Questo libro è un mistero, come la vita che abbiamo in dono e le facoltà per poter giungere ad un percorso di cambiamento reale, nella solida ricerca della propria felicità nonché un equilibrio che sia in armonia con l'ambiente, è un qualcosa appunto di misterioso ma al tempo stesso molto serio o se vogliamo trovarci tutti d'accordo; che tutti gli esseri umani dovrebbero intraprendere.

Paride giovane Reale di una famiglia di stirpe Greca e Ofelia sua musa, a cui lui dona ogni angolo dei suoi pensieri, si trova nel mezzo di una guerra fratricida di famiglie influenti tra Sparta e Atene.

Il giovane poco più che trent'enne come membro Reale è anche uno dei 6 generali di Sparta suo padre, decede l'anno prima di morte naturale e in tempo di pace.
Ora sta a lui prendere il controllo sulle truppe e affrontare la battaglia, ma al suo fianco Sparta

nonché Paride può contare sull'aiuto di un potente e si dice millenario veggente, Orfeo.

Epiteto

La prima volta che ascoltai questa storia credetti subito essere inventata per far spaventare noi bambini, ma poi chi la raccontava mi confessò essere vera ma non solo diceva che aveva le prove di tutto ciò. Allorché gli chiesi, come mai di questa guerra? Quella persona indicò fuori dalla finestra "cosa vedi ragazzo?" mi disse; io risposi -la campagna!

"Quando sarai grande e adulto capirai che coltivare un terreno su cui vivono foreste, animali e persone le quali si prodigano per fare andare avanti un popolo non è cosa da poco". Allora gli chiesi a bassa voce "Quindi per avere la campagna?" dissi ingenuamente; lui mi accennò un sorriso e mi disse questa semplice frase: "La campagna non è creata dall'uomo ma da Dio, e l'uomo che amministra una porzione datagli da Dio non la svende facilmente".

"Tempi oscuri

in cui la

Luce del cuore

Nasce dalla perseveranza di Amare.

Le cose della vita seppur tristi

Seppur in balìa della tempesta

Alzerò comunque la testa e

guarderò le aquile volare

Nel tornare

dal mio

viaggio son sicuro

Sarai al mio fianco"

Queste parole le scrisse Paride sai ragazzo!

-Per Ofelia?

Oh già!

-Ma tu quanti anni hai Barbabianca?

Ehhhhhahahahahahhaha, caro mio, sai quantificare il numero delle Stelle nel cielo?

-Ehm, no.

Beh fai conto che ne ho la metà di quelle che riesci a vedere lassù quando il cielo è abbastanza rischiarato dalle nubi.

Tornando alla nostra misteriosa e avvincente storia: beh sì, un attimo, se te lo stai chiedendo chi è la persona che mi ha raccontato quella storia... Barbabianca, così l'ho sempre sentito nominare, ai tempi di quella Grecia, era il potente e venerabile veggente Orfeo... ma questa è un'altra storia ancora e la racconterò più avanti.

Insomma la trama poi è lunga e piena di racconti con colpi di scena e colpi veri e propri.

Non è che non la voglio raccontare è che hai altro da leggere in questo libro e questa magica "Fiaba" più che storia la potrai ritrovare, ora mettetevi comodi e proseguite pure con la lettura di Soluzioni poetiche.

Fine... ma non è la fine, l'ho già detto? Sì!

Sei

Se solo un battito

Un fremito

Un tonfo

Potessero farmi risvegliare

Guarderei il Sole

Per dirti Ti Amo.

Sette

Sono morto

Un milione di volte

Un milione di versi

Sono morti

La mangio io la tua merda

Non ti preoccupare

Sono qui apposta

Per farmi sotterrare da merda

Merda buona

Concime per i miei nervosismi

Per le tue soddisfazioni

Ci penso sempre io

Morto

Sotto montagna di merda!

Otto

Certo che ho un problema con la mia aggressività

Certo che non sei tu il mio male

Ma i miei lunghi silenzi con in testa

Cattiveria

Violenza

Quasi mai voluta

Ma c'è

Mostro più che umano

Mostro

Che impara a essere umano giorno dopo giorno.

Nove

Come chiedere al tempo

Di fermarsi un istante

Come batter le ciglia

In un déjà-vu lancinante

Ecco di nuovo sono i fantasmi

Che fan capolino alla mia anima

Assetata d'amore

Come in un giorno di primavera

In cui tornerò

Con una rosa tra le mani

Inneggiando all'amore ritrovato

Mai dimenticato.

Dieci

Troppo lontano lo squarcio

Di tempo che separa la mia ombra

Dalla mia anima

E vado in cerca di nuove sensazioni.

Undici

Cammino sul ciglio di un dirupo

Non è spavento

Non è paura

È l'attesa del tuo ritorno

Dodici

Fragile armonia

Di un pensiero che mi porta via

Ritorno funesto

Nell'androne della mia ragione.

Tredici

Trovo pace nella sosta

Voglio pace ancora una volta

Niente tormento

Per un domani carico di lamento

La mente lucida

Ossa rotte.

Quattordici

Attonita la sera

Giunge senza scampo

Per un'altra vita

Fatta di prove infinite

E regolari soste.

Quindici

Giunge un altro giorno

Si spegne qualcosa intorno

Ma non è vento

Non è luce

È sentimento.

Sedici

Rigogliosa la natura

Di bianco vestita è l'alba infinita

Di gioie e splendori

Tutto intorno è un'emozione

Senza posa.

Diciassette

Giungla di inquietudini primordiali

Il sentimento che prevale

È disperazione

Per non aver perso e

Non aver vinto.

Diciotto

Teatro a luci soffuse

Nel quadro del pittore

Tempesta nuova

Nasce da sentimento di rivalsa.

Diciannove

Buio accenda buio

Quando la sera non ha più sapore

Tempo s'ha da rispettare

Nello spettacolo funesto di vita.

Venti

Gaia giunge la notizia

Il fanciullo disperso

Ritrovata la strada

Crea nuovi sentieri di rivalsa.

Ventuno

Traffico di amore

Traffico di mare

Traffico malato di disperazione

Traffico di menti assoggettate

Al loro traffico interiore.

Ventidue

Freddo che indebolisce

Stupenda sensazione

Di rimanere senza forza

Mentre ti guardo

Che mi guardi.

Ventitré

Tetre parole di concetto

Concetto senza scampo

Tuona la sera

Ignara di essere ascoltata

Ventiquattro

Cielo perso nel grigiore

Fumo lento

Vola piano.

Venticinque

Un sì per amarti

Un no per averti

Il pensarti è la mia costante.

Ventisei

Crescere che fatica

Ma è proprio una salita?

Il cuore grave di pensiero

Non finge davanti le avversità.

Ventisette

Tempo non aspetti tempo

Cuore sempre gonfio di miele d'ambrosia

Grande il sentire gaudioso

Se pur c'è non si vede.

Ventotto

Non attendo più

Accetto quel che è

Presente dilatato allo spasimo

Crescente e dilagante fervore

Di un divenire di speranza.

Ventinove

Gaudioso fu

Il periodo di ozio e felicità

Presente amicizia mai tradita

Di un simile periodo

Nulla più.

Trenta

Se vado a destra

Sono smarrito

Se vado a sinistra

Ho un po' paura

Se sono triste

Sono inquieto.

Trentuno

Tempo scivola

Lancette scorrono al contrario

E il cesto si riempie

Di un'acqua nuova

Più pulita

Pronta per ridare vita.

Trentadue

Libero pensare

Libero agire

Sei libero da te stesso?

Trentatré

Tempo che fuggi

Non tornerai

Ma ho nel cuore

La certezza di

Averne ancora un po' per vivere.

Trentaquattro

Certo che lo sai

Il mio cuore batte per il tuo

Ti farei

Ascoltare il suo fremito

Ma dovresti essermi vicina

Ecco cosa voglio.

Trentacinque

Tempo che rincorriamo

A fatica nel traffico di

Parole mai

Stanche di dare vita.

Trentasei

Treno disperazione

Treno carico di passioni

Sentimenti e persone

Treno di dolore

Treno di colore

Treno che passa dalla stazione

Treno delle mie idee in costante evoluzione.

Trentasette

L'amore che ricevi

Donalo ancora

Non stancarti nell'affanno delle

Cose tristi

Trova giovamento

Nei sentimenti più sinceri

Trentotto

Angelo

Che illumini

Le menti

Che assoggettate

Al dolore

Temono il confronto

Con quella luce

Che solo il cuore

È capace di accettare

Tienimi con te.

Trentanove

Bimbo forse non lo sai

Ma la gioia

Che porti nel cuore

La puoi solo coltivare

Come la passione

La perseveranza e l'amore.

Quaranta

Politico gioioso di amare sventure

Tutte le persone

Reman contro la tua visione

Tu che fai

Te ne infischi

E te ne vai

Perso tra la folla

Ricorda l'uomo sincero

Quello vero

Quello di cuore

Non volta mai le spalle

Alla disperazione.

Quarantuno

Poeta pittore

Gran dottore

Poeta pittore

Ti lascia un fiore

Ti dona un quadro

E rifugge nel suo amore.

Quarantadue

Senza la passione

Non c'è soluzione

Quarantatré

Dipingo per passione

La mia strada una sola convinzione

Star bene

Con la gente

Anche quando è irriverente

Tutto il resto rimarrà importante

Ma ora io lo sento

L'arte lo è di più.

Quarantaquattro

Senza quel sorriso

Cado dal paradiso

Ti dicon che sei bella

Credi a me se ti dico

Lo sei di più

Ascolta queste parole

Che sgorgano

Dal cuore

Che aperto ormai non può

Che farti entrare.

Quarantacinque

Bagaglio di sorrisi

Appigli numerosi

Di persone immerse

In mondi paralleli.

Poemetto: Tragitto di vita mai finita

Introduzione

Se la vita è un sogno, perché smettere di sognare

Scruto il mio orizzonte

Lo credevo una massa buia e informe

Tutto ciò che credi

Di aver perso

Torna

Per chiederti se sei ancora tu

A tirare le antiche redini

Lascio a te i miei pensieri

Il mio sguardo è

Per sempre

Nel tuo cuore come

I tuoi occhi

Diventano i miei

Come un particolare *duemilaventi*

In cui il terrore è diventato

L'elemento portante delle nostre vite.

Nel novembre attuale

Mese in cui scrivo questo testo

Ricordo quel marzo infausto

In cui tutto iniziò a decretare

L'orrida cosiddetta pandemia

E una umile Ave Maria sale al Signore

Di qui in un tempo di fanciullezza

Non avevo nessuna idea di malsana misura

Tutto passava ed io

Ero candido come la neve quando scende fina

In dicembre

Giunto a trentasette i miei anni attuali

Domande molte

Risposte molto poche.

Ma ho ancora quella luce

Negli occhi che è fatta di

Speranza da sempre avuta e

Mai voluta abbandonare

Momenti difficili come

Aver attraversato

Un deserto di fuoco

Gli ultimi venti.

Le difficoltà nel cammino

Di questa unica vita che

Abbiamo come dono

Sono tante ma coltivare

Il rispetto per il proprio corpo

È tremendamente la cosa più importante

Perché il nostro corpo

Combacia con la nostra storia

Passata e interiore

E in un'altra vita

Non possiamo dire chi eravamo

Perché non lo sappiamo ma

Dobbiamo amare chi

Ci educa

In questo dono grande

Che è la famiglia.

E nei pensieri di ognuno

C'è sempre un inseguire qualcuno

Alto

Magro

Donna

Uomo

Non è dato saperlo

Quel che il cuore suggerisce

Il corpo che lo ascolta

Gli dà importanza

Dare importanza all'amore

È seguire la voce di quel sentimento

E in un dato momento seppur sepolto. Nella mia
memoria

Mio papà Luigi voleva insegnarmi a pedalare

Con una bicicletta a misura di bambino

Ed ecco che

Montato sul portapacchi posteriore un

Manico di scopa

Mi reggeva e diceva di pedalare

Alla seconda pedalata ero leggero

Mi volto

E mio papà da lontano mi guarda contento

E tengo fede al patto di

Aver la fede di credere

Che le cose seppur tristi

Non si perdono nel dolore

Ma anzi progrediscono nel nome e nel ricordo

Di quei defunti che ci hanno amato

e ricordarsi di noi

ricordarmi che tu non sarai mia

ma un pezzo di strada

l'abbiam percorsa insieme.

In questo tragitto che non torna mai

indietro

strade e situazioni che cambiano all'improvviso

quindi il cammino

sta nell'ascolto della

propria strada interiore.

E cammino solo

Non c'è

Che una macchina

Ogni

Venti minuti e

Ogni percorso possibile della città

Porta a risvolti di solitudine

Il periodo di confinamento/*lockdown*

Mi ha fatto riflettere

Su quanto possa essere stato

Terribile vivere la guerra

Ma non v'è ritorno di un Dio

Se la preghiera non parte da sé stessi

E scrivo per dare voce

A parole

Non inventate

Ma deliziose situazioni linguistiche

Da tener presente

Per le generazioni che verranno a far visita

A questi testi

Un poco improvvisati

Ma non forzati

Solo

Un tremendo me

Che cerca di esprimersi

Attraverso la lingua italiana

E percorsi sempre gli stessi

Strade mai dimenticate

Volti dipinti nella memoria

Che cambiano aspetto

Tutto è fermo

Tutto cambia

Tutto si trasforma

E fai una scelta accurata

Sul perché

Lo vuoi esprimere

Sii brillante nell'apertura

Ancor di più nel chiudere

Il testo

Abbi sempre il controllo di ciò che vuoi dire

E non perderti

Dietro una foglia che cade

All'improvviso

Bagnando il viso

Di lacrime

Il dolore che ne trasuda

È un sentimento velato

Che si spegne piano

Occhi bagnati da

Sentimenti incontrollati

Fine

Tragitto di vita mai finita

Ho scritto questo testo nel novembre 2020 ripercorrendo in un modo credo molto artistico il tragico momento che tutti gli abitanti di questo nostro Pianeta stiamo attraversando

Momento infausto che a mia umile veduta si può definire "l'inizio di una guerra virologica" ma spero davvero di sbagliarmi.

Non utilizzo come è mio uso fare in poesia né punteggiatura né rima ma molta passione per la scrittura.

Quarantasei

Secondi che attanagliano

Il mio divenire

Mi chiedo se è giusto

Morire

Morire si può

In un modo giusto?

C'è sempre un errore

Nella morte

Ma è l'unica certezza della vita.

Quarantasette

Verità non cercata

Scappatoia mai trovata

Le catene di questa vita

Anche nei sogni

Pesano come macigni.

Quarantotto

Il tempo soppesa l'attesa

Di un'istante di feconda intensità

È l'amore quello che cerco?

O è il mio benessere

Di uomo solo

In mezzo a tante solitudini

L'attendere di una fioritura

L'attesa di un rinascere interiore

Il percorrere un cammino di cambiamento

Sono sublimi affetti che

Dai corpi celesti

Inebriano le nostre anime stanche e

Poco propense

Al pensiero di questi

Ma che per fortuna Divina

Non ci abbandonano mai

Neanche quando

La strada è senza luce

E non v'è il sonno

Ma solo un ritorno.

Quarantanove

Anni novanta

Anni di speranza tangibile

Idee condivise

In una moltitudine

Di differenze quasi tutte originali

Per tempi e modo

Di espressione

Quasi una professione

Il saper creare dal nulla

Tempo lontano

Qui riposto nella mia memoria

Difficile a tornare

Indietro nella storia.

Cinquanta

Assai tempo lontano

Quello del mio primo amore

Ma davvero c'è stato

Il legame dopo poco

Sì è spezzato

Ma la brezza che ha lasciato

Ha maturato

Oggi solo

Son catturato dallo scoprire

Tutti i giorni

Un me stesso nuovo

Con la preghiera

E gli obiettivi seppur minimi giornalieri

Che fan parte della vita

Che conduco

Prima anima dispersa

In cerca di stabile condizione

Ora uomo

In stabile connessione

Con la vita che conduco

C'è ancora molto da trovare

E da scoprire

E da sperare di raggiungere

Come la quiete

In un giorno di primavera

Quando l'aria è leggera

E il tepore

Lo produce l'amore

Che avverti nel cuore.

Cinquantuno

La solitudine che ho dentro

Ha cambiato faccia

Ora è un volto tranquillo

Serenità che non va via facilmente

La stabile armonia che ricerco

Dal mattino al mio riposare

È un lavoro da mantenere

Ipertimico di natura

Le mie emozioni sovrastano

Tempo e spazio

In velocità crescente

Ma adesso sono cosciente

Dei limiti che ho

E le qualità a mia disposizione

Talenti da non rifiutare

Sapientemente da coltivare

In questa realtà

Così alterata

Come vivere in un incubo globale

Qualcosa in me trasale

Donando adesso pace e quiete

Essere vivente facente parte

Di una nuova specie.

Cinquantadue

Conosco per quello che è riuscito

A trasmettermi

Con le parole preziose

E gli incoraggiamenti di

Un monaco davvero per me speciale

Il mio Padre spirituale vero

Legato col cuore e l'anima

All'ordine

Dei frati predicatori di San Domenico

Ennio Staid

È il suo nome

Un uomo

Un monaco

Padre per molti

Aiuto e conforto di tanti

Per me una persona importante

Carica di compassione e sincerità

Avvolto anche da mistero

Per me

Il buon padre Ennio

Rimane nella memoria parte della mia storia.

Cinquantatré

Ricordo di un'infanzia

Quasi angelica

Vissuto in una realtà

Di materica bellezza

Come i sentimenti genuini

E senza troppa malizia

Che di quei anni

Erano letizia.

Cinquantaquattro

Ritrovare un me stesso

Dopo tante strade sbagliate

Agiti da non dimenticare

Legati a condotte non appropriate

Mi han fatto riflettere

Su quanto poco si conosce

Di noi stessi

Fin tanto si è preda del *lamento*

Un sentimento di rivalsa

Oggi ha catturato la mia essenza

E la mia anima

È meno dolente

Incentrata al miglioramento

Percorso da affrontare

Con un altro atteggiamento

Ponendo l'accento

Alle direzioni del cuore.

Rimanendo agganciati alla sopportazione del dolore

Anche oggi rifletto

Sul da farsi

Quello che manca

E quello che ho

Al momento

Sono oggetto di pensiero

Di causa ed effetto

Grazie alla preghiera

Ritrovo un me costante

E non importa il limite che ho attorno

Ringrazio qualsiasi Signore del cielo

Per la seconda opportunità che c'è stata

Di ritorno

Nel poco dopo duemila

Attraverso un abuso insensato

La mia mente ha deragliato

Credevo in modo definitivo

E invece meraviglia della vita

Una seconda opportunità me l'ha donata

E ora

Rimesso insieme il puzzle

Della ragione

Della mia barca ho ripreso il timone

In questo duemila ventuno

Che in un caos tutti ci troviamo

Non perder la via interiore

E assumere un atteggiamento consapevole

Rispetto al terrore che viviamo

Rimane la mia piccola riflessione.

Fine... Ma è finito il libro adesso?

Ancora qualcosa...

Cinquantacinque

Stelle comete

Come lampi d'Amore

Sorvolano il cielo

Rispettando il cuore di ognuno

Quelle cadenti

Fanno desiderare sentimenti

Delineando la via ai più audaci

Quello che preferisco è il silenzio

Della notte

Coi suoi animali notturni

E la purezza di

MAMMA LUNA

Può non sembrare poesia

Posso essere un bugiardo che si finge

Altro

Rispetto all'uomo romantico

Che stende qui i suoi versi

Ma può esser tutto vero

Come il mistero

Di una notte di primavera

In cui questo poeta

È nato da una cometa

Conversazione tra scettici:

Ah tu il Pfizer

Ma no io

L'Astrazeneca

Sai cosa ho capito?

No!

Che sostanze ferrose sono trasportate

Attraverso i linfonodi

E quindi??

Tra circa un anno e mezzo

Avremo gli effetti

Globali

Dell'inoculazione vaccinale

In via sperimentale

Ma

Secondo te perché ci trattano da cavie?

I morti non sono aumentati

Rispetto agli altri trascorsi dieci anni

Ma la differenza sta nel

NON ACCETTARE LA CURA CHE CI SAREBBE E SE NE DOVREBBERO OCCUPARE LE CASE FARMACEUTICHE E I MEDICI DI BUON CUORE.

BUONO STUDIO AI VERTICI

Ma sai com'è

Tutti bisogna morire

Quindi non ci pensare

Chissenefrega!

Cinquantasei

Ecco sì

Ora è così

Domani sarà migliore vedrai

Ma non baso la mia vita

Sulla speranza effimera di potercela fare

Ma nutro il mio spirito

Affinché il mio animo sia pronto

Nel tempo

Della prova.

Cinquantasette

Era da mai

Che mai

Mi sarei aspettato

Che mancassi tu

Così

Di malattia indecifrabile

In una situazione scomoda e fastidiosa

Come questo a cavallo fra il 21 e il 20

Duemila

Il vuoto rimane

E di te ho solo un ricordo

Disperatamente bello e di gioia

Via i litigi

Quelli era perché ci amavamo

Ma ora

Padre

Madre

Fratello

Sorella

Cosa faccio ora?

Finta di niente non si può

Meglio la morte

Ma neanche questa sarebbe la soluzione che avresti voluto

Ecco cosa

Questo sì

NON VOGLIO ESSERE TRISTE

Ma ricordarmi

Di quanto eri speciale

E rimarrà

Così

In Eterno.

Cinquantotto

Per tutte le volte che

Rilassato non ho capito il tuo aiuto

E dolcemente mi hai aiutato con il tuo ascoltarmi

Grave è il peso del cuore al qual devo prestare
attenzione

Affinché la mia anima

Riprenda il cammino nuovo e giusto per un vivere

Eterno.

Cinquantanove

Vero outsider

Con lo spirito del genio

Le doti dell'artista in ricerca

Mai contento

Mai troppo felice

Ma che ogni giorno

Lavora sulla sua felicità.

Sessanta

Attuale incognita

Di vivere una vita

Di poco nell'ovatta

Con la compassione

Di saper ringraziare in modo onesto e pulito

Chi una mano davvero

Me la sta porgendo.

Sessantuno

Credevi di esser forte

Di saper gestire l'amore

Il gioco

La compassione

Ma la cosa più vera di te e più bella

È LA TUA FRAGILITÀ.

Sessantadue

La Libertà

Fatta di compassione

È un progetto di sostenibile propensione alla pace

C'è chi grida LIBERTÀ ma

In mano tiene il pugno assetato del tuo sangue

Viviamo un tempo distorto

In cui essere eroi è far tacere chi non la pensa come noi

Mi spiace ma questa non è libertà

Si chiama dittatura o razzismo

Per come la si vuole intendere

E per quanto si può

Fare

In merito

A un equilibrio che ponga

A piacere purtroppo nessuno lo sa

Ma se proprio vogliamo imparare dal passato e progredire

La GUERRA in qualsiasi forma si presenta

È e rimane uno sbaglio

Non vuoi vaccinarti, ti assumi le conseguenze

Ti sei vaccinato le avrai comunque!

Che cosa voglio dire.

Riflettiamo sul fatto che c'è sempre più bisogno di unione e mai come ora dovremmo sostenerci l'un l'altra e non scegliere la modalità degli animali.

Per sputarci addosso insulti o minacce in cagnesco.

E portare alta la Libertà rivendicando con passione e umiltà.

Sessantatré

La mia carne

È di un'altra specie

Ma

Il mio spirito

È altro da questa

Sessantaquattro

Espiro

Inspiro

Forte gorgheggio

D'ansia pura

Tu ritorni o

Vai via ancora

Non so

Per altro

Vedrò

D'esser sincero

Come il pepe nero

Lo starnuto dei sensi

Ma non dei sentimenti

Ti aspetto cauto non come un rapace

Ma come chi

È capace di aspettare sulla riva di un fiume

Meditando

Il tuo nome.

Sessantacinque

E tuona la sera

Il cielo rabbuiato

Il mare

In tempesta è

Quasi festa

Ma non si festeggia per adesso

Tutti fermi per ossesso di

Ossessioni ossessionanti

Verso chi di privilegi

Di non si sa ben cosa

Sembrano più avanti

La verità non ha una tasca

Lo spirito trova casa nel cuore della

Compassione e della ragione

In fondo cosa conta se non

Avere un'anima in piena empatia

Col proprio stare bene?

Sessantasei

La morte è solo

Il passo prima

Di una nuova vita.

Sessantasette

Scivolo nei miei pensieri

Dai miei ricordi

Non sepolti

Quello mai

Ma sopiti si

In un limbo di immagini

Rievocate dai miei sentimenti

Ora

Quieti

A volte

Inquieti

Sono umano anch'io

Mi rifletto in uno specchio

Di un me ragazzino

Per trovare un uomo

Che ancora deve fare molta strada

Per raggiungere la sua meta.

Sessantotto

Nubi rischiarate

Dal sentimento che prevale

Bellezza di guardare

Forme evanescenti

Che Dan forza alle menti

Il cuore

Da solo non rimane e

L'anima soppesa l'attesa

Di un giorno nuovo.

Sessantanove

Parlo con te

Ma tu non ci sei

Parlo di te

Ma tu non ci sei

Cerco uno sguardo

Ma tu non ci sei

Ma è rimasto il mio cuore.

Settanta

Chiuso in me stesso

Ritrovo la follia del mio vivere

In un lembo di terra

Che non è il mio

La mia casa è lontana seppur ho un tetto

Con mia gratitudine a chi di questa possibilità

Un percorso fatto di cadute

E alzarsi ancora

Per tornare a vivere.

Settantuno

Bambini sperduti

Diventati adulti non troppo mansueti

Dell'isola solo un miraggio

Del resto tutti all'arrembaggio

Ma la prova adesso è planetaria

Uniti contro l'ignoranza

Di chi vuol farci credere

In una falsa speranza

Le speranze son sincere

E ai bambini non bisognerebbe mentire!

Settantadue

Con settembre

L'estate è al passato

Con settembre il presente è fresco e rischiarato

Da un'idea

Di questo settembre

Ventunduemila

Andare avanti tutti

In un futuro

Di concretezze

E non di menzogne

Per una collaborazione planetaria

Aver più saggezza nel cuore.

Settantatré

Ho un cuore

Un cuore solo

E forse un'anima dentro a quella carne

Che abbraccia emozioni pulsazioni

Di sentimenti vaganti

Nel Cosmo

Mi guardo indietro

È solo il retro di un percorso

Che procede sempre avanti.

Settantaquattro

Accarezzo l'aria

Un'effimera sensazione

Mi pervade

Quello che destabilizza il mio vivere

L'effimera vibrazione

Di esistere.

Settantacinque

Melanconica quiete

Di sentimento in tempesta

Fulgida la notte

In cui versi

Escono allo scoperto

E le carte giocate

Un mazzo ormai finito

Ridotto a brandelli

Come alcuni ricordi

Come un qualche parte di vita

Ma dopo

Anzi qui

Ora

Rinascita e salita

Ecco l'enorme

Cammino di nostra vita.

Settantasei

Sogni che fan rima con percorso

Percorso di una vita

Fin qui vissuta in fretta

Tralasciando l'alternarsi delle stagioni

Il mio io è in un punto di riflessioni

Come corre il tempo

Come è atroce la difficoltà del vivere

Quando porta tristezza e

Non soluzioni

Quanto sono dure le mancanze

Quando basterebbe vivere il presente

E volersi bene sempre.

Settantasette

Camminiamo mentre ci baciamo

Camminiamo attraverso la gente

Mano nella mano

Con gli occhi puntati al nostro amore

Forse son troppo irriverente

Nel pensarti così

Ma l'amore non lo conosco

Se non così

E ahimè

Non c'è stata nessuna

Con cui farlo così.

Settantotto

Guardo le stelle

Mi perdo tra gli sguardi

Accecanti degli abitanti

Di altre galassie

Che di sicuro

Io ci credo hanno a cuore

Noi Terrestri

Non mi resta che guardare

L'immensità del cielo

Prima di arrivare a dire

Che ci credo per davvero.

Settantanove

Ho bisogno di poesia

Come ho bisogno di bere

Alla fonte di un'arte

La mia

Non fondata su

Nessuno studio approfondito

Ma è solo il mio spirito

Che consiglia la mia mano

Nello scriver versi

Che mi aiutano nei momenti tristi.

Ottanta

Buio

Bambino

Di altro destino

Un cammino

Una salita

Senza fatica

Fuoco di anima antica

Puro diamante

Come fiore brillante.

Ottantuno

Tempo eterno

Di luci soffuse

Su anime inquiete

Pesante destino

Fra tante persone

Inglobate da un male ignorante

Che tutto si prende

Anche la vita

Non si sa

Chi

L'ha voluto

Né come se ne esca

Fatto rimane

Che ci condiziona

E crea fazioni scomode

A chi cercava solo tranquillità

Ma forse nella Storia

La tranquillità è solo una favola

Di pochi

Come in questa società.

Ottantadue

Il ristoro della sera

Dopo una giornata intera

A riflettere e a pensare

E a come smetter di fare le due cose insieme

Alla sera la consolazione

Dire a me stesso

Che non v'è altra soluzione

Così son fatto

Così rimango.

Ottantatré

Vivo il mio presente

In un incessante disequilibrio

Tra armonia e malinconia

I ricordi dell'ultimo anno si accavallano

Tempi di fatica interiore molto intensi

Ma al tempo stesso

Cerco la mia via come sempre e

Da sempre

Non chiedo nulla al cielo

Ma lo rispetto

Peccato però dover fare i conti con la mia
umanità di umano fragile

Ottantaquattro

Triste Luna

Illuminata dal Sole

volto rischiarato da solo dolore

non visto

impunemente

in modo selvaggio

bellezza di oltre limite

triste solco di terra fredda

baciata dai pensieri d'amore a te da secoli

regalati.

Ottantacinque

L'anima che ho all'interno brama di volare

Quale il male?

Smettere di sognare

vivere il reale con la sua crudezza?

Non male anche vivere nell'incertezza

Ma ho bisogno di compassione

Verso me stesso

Se ho capito che così andare avanti non posso

E cercando un percorso stabile

Che mi faccia riabbracciare la vita

Ora che manca poco alla risalita.

Ottantasei

Voglio esser forte

Superare le mie angosce

Per non trovarmi tra le fiamme delle

Circostanze

Circostanziale circostanza

Di una costante inebriatura

Dell'Anima

Scrivo

Di questo tempo in questo tempo

Non voglio fazioni

Voglio ragioni

Un ragionare accorato

Per un abbraccio allargato

Per non dimenticare chi siamo

Generati per amore

Confortati dal cercarlo.

Ottantasette

Decorre il tempo

All'imbrunire del giorno

Il mio tormento

Rincorro attimi nei miei ricordi

Attendo nuovi incontri

Che si attardano

Sono solo con la mia pochezza

Abbraccio il vuoto

Di un intimo sentire

È tardi

Vado a dormire.

Ottantotto

Il cielo che sta sopra

La terra che sta sotto

L'anima che sta dentro

Noi siamo questo

Ottantanove

Come

All'imbrunire del giorno

Gaudio di mille parole

Eco di sovraffollata enfasi

Di frasi non sempre di

Quelle che si vuol sentire

Nella gaudiosa notte

La pace ritrova il senno

E tutto ricomincia da capo.

Novanta

Stai attenta al piedino

Torna indietro sul gradino

Porta in alto i pensieri

Gioca con il bambino

Che è sempre in te

Se questo libro ti è piaciuto lascia un feedback su Amazon.

Paolo Pezzotti 19/12/2021

Biografia

Il mio percorso artistico inizia non con la pittura ma con la poesia. Sono alla mia seconda pubblicazione letteraria con la Robin Edizioni con "canti di vita 1984-2020" uscito a luglio e la poesia fa parte della mia vita da quando avevo 19 anni. Ho partecipato ad un laboratorio di scrittura poetica al CET, lezione presieduta dal maestro Mogol, nel gennaio 2019.

Nel 2017 completamente da autodidatta ho iniziato a dipingere per la vicinanza alla pittura trasmessami da mio papà, Luigi, pittore per hobby e passione, verista.

Il mio stile è un tentativo continuo di colori e tecniche e in quattro anni ho imparato ad usare bene il carboncino, l'acrilico e l'olio. Ma la strada per la crescita personale in campo artistico è ancora lunga.

Ho imparato ad intelaiare i telai che dipingevo da solo con l'aiuto di piccoli suggerimenti di corniciai mie conoscenze sincere e amiche.

Ho all'attivo svariate mostre di cui una personale alla Barriera Albertina di Novara, edificio museale adibito come spazio espositivo. Nell'occasione appena citata ho organizzato tre giorni di mostra in cui avevo una ventina di lavori su tela e altrettanti su carta riciclata ed è stata anche l'occasione per promuovere il mio primo libro di poesia con Aletti Editore "libero di poetare". Il tutto nell'autunno 2018.

Sempre qui nella prima serata ho fatto un live-painting il cui risultato portato avanti poi nello studio di casa.

Sono altresì seguito come pittore sul portale di galleria on-line dal "Il Melograno Galleria d'Arte" di Livorno.

Postfazione

Tutto cambia Tutto si trasforma.

Ora hai questo tuo libro fra le mani, perché lo stai leggendo tu, un piccolo consiglio ... leggilo d'un fiato e soffermati di tanto in tanto sulle poesie ma non iniziare dal mezzo. Non è un libro di poesia usuale questo, scoprilo!

Buona lettura e buona poesia

Printed in Great Britain
by Amazon

83145057R00068